第一辑　　动物感伤

第二辑　有些夜晚

第三辑　　致早夭者

第四辑　　宛如魏晋

我 爱 我

当我老了 / 劝君莫惜金缕衣 / 动物感伤 / 蝴些 / 过路的雨 / 在合肥 / 坏小孩 / 哆来咪发欢喜禅 / 内心戏 / 感叹词 / 樱花赋 / 无题 / 重阳 / 零点后 / 阳光灿烂的时候，也可以忧小引、许剑在汉口喝酒 / 为什么在下雪的时都不知道 / 少数派 / 暴雨 / 燕子 / 望星空 / 夕阳 / 天鹅 / 理想国 / 我也可以是悲伤的个人躲在屋里听音乐 / 燕子 /

当我老了

点一根烟，在喝过二两酒之后
看看阳台的花，看看楼下的路
我想如果我老了
可以安于这样的生活

可以安排所有的往事沉默
可以安排海浪平息
可以安然注视梦想就像转眼
消失的泡沫。

火焰的绝唱是灰烬，我了解。
树叶的结局是泥土，我了解。

对仇人微笑，
对朋友微笑。
第一次闪电般地碰触你的手掌
让我可以骄傲
起码
我生命里有过纯洁的一秒。

劝君莫惜金缕衣

我们要趁着良辰
趁着月光
正在渐渐微弱

趁着那时
贸易风还没有
吹到海面

动物感伤

白天的城市
是一座巨大的搅拌机
声音洪亮

在城市的边缘，远处
还有小片的田野。
在这里，动物们奔跑
或者短暂停歇。

它们跳跃的姿势
在空蒙的地平线上
充满了感伤。

蝴蝶飞

一停。一飞。
一起。一落。

翅膀有不敢惊动
的美。它不用说话
它有着美丽的尾巴。

深夜不睡的人，比你们想象的还更寂寞些

一只青蛙跳下池塘
"噗通"一声

一只肥硕的青蛙跳下池塘
"噗通"一声

一只瘦小的青蛙跳下池塘
"噗通"一声

"噗通"一声
和"噗通"一声
在纸面之外
有些微的不同。

过路的雨

从躲雨的地方出来
的时候，雨就停了
树荫遮蔽的地方
还没有打湿

然后发现
梅家山路边的夹竹桃
开了。一长溜
粉红色和白色的花。

在合肥

一瓶一瓶的啤酒依次消失
在肥河路。我没有留意路上的行人
淮北淮南，风都很冷
我们正练习着消失。

这是异乡的马路，我依附着你
像一只鲍鱼紧紧地抱着
属于它的礁石。

我也会突然消失掉吗？
在有暖气的房间，记得你说过在马桶上做爱
在热气腾腾的莲头下面，你让我羞愧。

我醒来的时间是凌晨三点。
你已经熟睡，像孩子一样有着
细微的鼾声。而我就这么赤裸着
坐在马桶上，突然之间，泪流满面。

坏小孩

小动物们以及
牙牙学语的小孩
都喜欢我。这说明了
他们保存着最初的直觉

而这个胖乎乎的小男孩
任我对他做怪脸
吐舌头，依然对我不理不睬
他一定是个坏蛋。

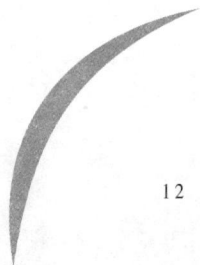

哆来咪发嗦

白得发亮。
蓝得发亮。
水珠在玻璃上丁当

空房子。
正在发芽的树。
失去声音的瀑布。
打开的书。

碎花的长裙
晃了一下。
"来吧。来吧。来吧。"

突然从半空
倾泻的流沙。
"来吧。来吧。来吧。"
嘘,不要说话。

春 天

在春天
我要写一首关于春天的诗

我要写春光好
春衫薄
写春色染指绿
写春日悠长

直到所有的人春心荡漾
不能自已
所有的爱和错误
都得到原谅。

人生观之一种

高处有蓝天
和俯视万物的优越感

低处有尘埃
尘埃里开出花来

泡泡分类学

—— 摘自艾宁馨笔记

哭泣的泡泡：它一生下来就很重
它不想爆，所以一直哭
眼泪都流在了泡泡里
身体就越来越重

白色泡泡：白色泡泡就是公泡泡
彩色泡泡：彩色泡泡就是母泡泡

泡泡宝宝：很小，很可爱
微风一吹，就飞到了天上
它们是幸运的小宝宝
只要天气一直很好

弹性泡泡：非常有弹性
把手指伸到它身体里也不容易爆
虽然逃避不了自然爆
但是它们可以活得很久

滑泡泡：它虽然有些脆
但是很擅长躲闪
飞到人的手上也不会爆，而是
从你的手上滑开

清脆泡泡：不管多柔软的东西
一触到它，它就爆了

厚泡泡：皮肤很厚，也很重
风也吹不动，最不容易爆
薄泡泡：它总在随风飘动，不容易被捉住
但是很容易爆

怀孕的泡泡：一出生就有个小泡泡在它肚子里
小泡泡的重量就成了它的负担
多胞胎泡泡：一出生就有兄弟姐妹
它们是一群一群的，所以一直都很快乐

泡泡家族们
飘浮在人世间。

齐 物

从现在开始，确定 1 是 1
2 是 2。确定
铁是硬的，火是热的；
确定你我他的用法；
确定杰西卡·阿尔芭就是美女；
确定做一个安于天命的人；
确定对于那些给予了爱的
永不忘记；确定
在惊惶和易于被伤害的人群里
保持一颗良善的动物之心。

然后
看星升月落天阴天晴
用纯洁的嗓音
唱黄色歌曲。

欢喜禅

终于，你触手可及的柔软
让我相信

我的体内有着猛虎
在沉睡。

内心戏

深宫里　三千嫔妃
都已入睡。

鎏金的龙椅上
皇帝在独自手淫

感叹词

啊——桃花！啊——
流水——
啊！啊——啊——
啊——！！

你说是欢畅，它就是欢畅；
你说是忧伤，它就是忧伤。

樱花赋

樱花盛开的季节
熙熙攘攘的人们
在樱花树下照相，嬉闹

他们不懂得
樱花本是伤感之物

所以
他们的欢乐
像樱花一样短暂，不能停留。

无　题

晚上我要做一道
黑木耳炒鸡蛋

木耳单纯的黑，鸡蛋黄混着白

它们看起来
比一首诗更有诗意。

孤独症

屏幕上，男人在抽着闷烟
他身后的窗帘
突然动了

有那么一刹那
我以为是刚吹过我的那阵风
掀动了它

中年之诗

需要承认自己已经到了中年
身边长大的孩子不时会提醒这一点

就像此刻，摆着两三杯啤酒
坐在江边的藤椅上
霓虹混杂的细碎树影下
虚胖的脸上隐约有着少年的五官

眼前就是当下的事实：
不断往来的车声盖过江水
庙里没有和尚
黄家巷里没有姓黄的人

在首义园

武汉的夏天，潮湿闷热
天空沉郁
好像我们处在另一个世界
时不时有醉酒的人
从我们旁边经过
他们离幸福　还差
最后的一杯冰啤酒

临近傍晚　有短信息
从千里之外传来
微弱的月光照在手机屏上
已不是前些天的那轮满月
我看见一只鸟
飞向树枝上另外依偎着的两只
万物的孤独
顿时　让我原谅了一切

厌倦书

秋天正适合厌倦
与身俱来的它　缓缓生根
最初的枝丫已经茂密
果实正当繁盛
眼前开到荼蘼的
已不是去年的那朵
如果可以，我愿意
是任何一种植物
对自身的缺失和拥有
无动于衷

就算秋雨再连绵些
也长不过一季
人们所期望的
上天从未给予
爱了，不免要分离
不爱，就孤独到底
其实我是个古人
抱着怀旧的心
我喜欢的一些词语
都有暗淡的光芒：
消极，慵懒，无所事事
以及静水流深

那么，就在秋天
找个地儿躺下吧
让自己
像薄雪在阳光里
慢慢地消融
或者是像尘沙
从岩壁
片片散落下去

十 月

秋风吹着桂花树
细小的花朵在香气里
摇晃。有些叶子在飘落
没有落下的
好好地长在树上

在下个时间段
将要经过树下的少女
应该跟我想象的一样
两腿修长，双眼明亮

重 阳

无山可登就登楼吧
登上去了
反正也望不远
城市的雾霾
模糊了视线

何况这世界，不可能让你
一览无余

唯有温暖芬芳的肉体
让我们像飞蛾
有颗
随时送死的心

零点后

零点过后，感觉一切
都要比零点前安静
好像新的一天
跟旧日子会有细微的不同

黑暗中，白天里见过和
想过的朋友：有些已经睡去，等着
明天梦醒；有些和我一样
还坐在秒针走动的静默中

阳光灿烂的时候，也可以忧伤

在正午，阳光正好
它们在树叶间
分出层次

更阴暗些的部分
离我更近

做道好吃的水煮鱼

草鱼不能太大
也不能太小
两斤多一点
刚好
够两个人的分量

去头
然后沿鱼背
从两边剖开
鱼皮朝下
慢慢地
切成薄片

干尖椒是必需的
花椒放多少
要看你的口味
然后加上
郫县豆瓣、蒜末和姜

打底的
通常都用豆芽
如果你不喜欢
也可以用粉丝或者
切成丝的千张

油，要烧热一点
然后
放入切碎的干椒
花椒、豆瓣以及
蒜末和姜
等到
煸出香味
再加入鱼头鱼骨和水

水开后
放入调味品和
腌好的鱼片
稍微煮一下
就要盛起
倒进打底的容器

锅里另外放油
烧热
然后关火
倒进切碎的干椒和花椒
最后将它们一起
浇在薄嫩的鱼片上

我要把这份
水煮鱼
做到
好吃得过分
让你吃上一次
就再也忘不了

珍 珠

—— 给南京何培蓉小姐

为珍珠写首诗吧
在四月和五月交接的时候

为什么不写呢?
她那么晶莹剔透
又那么坚硬
那么漂亮
那么多的人爱她

就算千百年后
人们提到珍珠
还是会说：多么好的珍珠啊

跨年那天我和小引、许剑在汉口喝酒

如果你要来
到汉口后，走黎黄陂路
前行两百米
第一个横街的路口
我会在路口等你

为什么在下雪的时候就会想起一些人和事？

一朵雪花追逐着
另一朵，相继落下
那些没有能一起过冬的人
停留在回忆里

是不是因为没有一起
过完一个冬季
所以，在冬天
格外想你。

天上发生了什么谁都不知道

回家的路上，一只
灰麻雀
停在了我的面前
整了整羽毛，又飞上了树枝

我暗暗希望
它就是
我昨天见过的那一只

少数派

我不喜欢你们喜欢的人
我不爱好你们爱好的事
我只是反对你们
而且在反对里找到了乐趣

暴 雨

暴雨是强势的
不容你思考

暴雨落在叶面上
有跳跃的声响

我想说而没有说出的话
好像都被它说了

燕 子

望向天空时
你就知道，天空是它们的

它们飞来飞去
时缓时急

不管飞到哪里
它们的方向，都是对的

望星空

有人说，天上的
星星，是越看越多的
所以，不宜久望——

当星星缀满你眼里的天空
你可能在一瞬间
和我一样——

成了一个
泯灭上进之心的人

连绵的雨水让人忧伤

走到大门口时
一个我认识了很久的人
和
一个我不认识的人
蹲坐在大门的一边

他们只远远地
看了我一眼
雨声
在耳边响了起来

留 白

在一张 A4 大小的纸上
他写道：

今天小雨，明天有空的话
来吃饭吧

关于流星

流星应该有
流星
的快乐吧

看流星的人
有
看流星的落寞

有天意

想要给你打电话的时候
雨就下大了

听着哗哗的雨声
口里突然说不出话

夕 阳

七年前，风吹长江
你说
青海金银滩的夕阳
美丽妖娆

现在，我一个人在这里
等待夕阳
它们，没有你说的那么美好。

天 鹅

天鹅也会在垃圾堆里觅食
也会在泥水里打滚
也会翻转身体
向你们亮出它的生殖器

它不按你们的想法活着
天鹅就是天鹅。天鹅还是天鹅

理想国

请遇见我，这世上
我们拥有的本就不多
请相爱，像一个病人
爱着垂危的另一个

请一起，要比所有的
更像一对爱人
——我热爱你的黑暗
　　你迷恋我的腐朽

我也可以是悲伤的老虎

我也可以是悲伤的老虎
花期一过，便在
残余的香气里踟蹰
庞大的身躯
无能为力

林间吹来的风
也是忧伤的，有着冰凉
细小的触手
它的故乡来自
没有温度的月亮

内心里，顽皮的、温柔的那只老虎
已消失不见。美好如同春天
越去越远，只有艳丽的虎纹
在树丛中时隐时闪

现在，我是悲伤的老虎
披着美丽的虎纹在人间踟蹰
越悲伤
越孤独

同 类

作为物质，我和山川
泥土、河流、岩石都是同类

作为生物，我和
花朵、树干、小草都是同类

作为动物，我和骏马
狮子、猛虎、兔子都是同类

作为人类，我和
你、他、她都是同类

最后，具体到个人——我和你
是同类，且不可再次拆分

梁子湖上空的鸟

那时，我正沿湖边行走
最先是一只，从
樟树的枝叶里飞起
它突如其来的美
让人紧张

还有更多的鸟
在湖岸的方向
大部分是青灰色的
也有一些是黄色或是白色
它们也像是这群里的异类
但不需要伪装

在十二月　天空
看上去　更加辽阔
也许有人还在偷偷捕猎
它们还是想飞就飞
高高在上

寒冷的日子他一个人躲在屋里听音乐

像一场短暂又漫长的恋爱

闭起双眼
除音符之外，一切若不存在

缓缓时，绕山的流水
急促处，一泻赴死的瀑布

高，在云间舞蹈
低，在黑色中潜伏

戛然而止。

一片静默的空无中
心跳也突然消失

燕 子

天上那些乱飞的鸟啊
其实我知道你们的名字
你们都叫做燕子

有些燕子往东飞
有些燕子往南飞
有些燕子往西飞
有些燕子往北飞

落了单的
一个劲地埋着头飞的
也还是燕子

我爱我

第二辑　　有些夜晚

亲爱的 / 无题 / 风 / 小情诗之一 / 小情诗之

璃 / 美好的一天 / 感恩词 / 别赋 / 网络时代

冷的人世间让我不忍离开 / 根的趋光性 /

易忘掉的 / 无题 / 夏夜的失眠 / 我们应该是

我们能知道些什么？ / 春约 / 记得绿罗裙 /

即景 /

亲爱的

本想善终
终于夭折

在深夜无人的大街走着
一朵接一朵的雨花
开在宽阔的路面

恍惚间
还是想叫你声
亲爱的

无 题

太在乎了
反而说不出"我爱你"
每天的微风
吹过熟透的果实
果实　只是摇晃
那么一下子

世间的爱情
有些让人上升
有些则让人下沉
在这上下之间
有人步履不停
忧伤如影随形

风

我感觉，风吹来的时候
是有方向的

只是吹到你这里
风就乱了

小情诗之一

孔雀东南飞
那里有什么
吸引着野性的灵魂?
它们飞着飞着
会不会也会突然
感觉到胆怯?

如同那些美好的事物
总会让我退缩
好像我
不配拥有她们

小情诗之二

你走后
空气里还有你的气味
我不知道
它可以持续多久

今天的气候
是潮湿而微凉的
让人不觉得
一天有多长

走在昨天走过的街道
抬头可以看见黄鹤楼
还是你望它时的姿势
不需要发一条微博
来说些什么
因为　其实你知道
我更喜欢
你在人间的样子

小情诗之三

多想写一封信给你
用素色的信笺
手摸上去还有粗糙的质感
寄出前拿去阳光下晒晒
当你手冷时
可以感觉到一点点温暖
至于内文
随便写上几句话也好
谈谈天气或是星座
说你能有美好的一天
或者只写上四个字：
见字如面

小情诗之四

你刚一走　天气就凉了
街上充满了风声
而火车只认得铁轨
它们从不在一个地方停留
不管是去南还是往北
它们只是去远方

人间四月芳菲尽
一个人在路上
突然多了些没来由的惆怅
樱花不是一片一片落下的
它们成堆地坠落
而在这城市生长的
每一棵樱花树
都像被你看过了一样

情 书

—— 给红拂女

借我一把削铁如泥的宝剑
潜入唐朝
我要杀了李靖。

美 好

好吧，今天世界美好

就在你说出
"今天
世界美好"

之后

琉 璃

我就是喜欢
琉璃一样的女人

看上去那么美丽
坚硬而冰冷

又那么地易碎
容易伤人

我愿意用上半生
或者更多的时间

为其中的某个
练习铁砂掌和金钟罩

因为我需要时刻感觉到
被人需要

美好的一天

用上大半天
和你自然地逛街
像一起生活了很久
走过墙角拐弯
黄昏的霞光
正好照上你侧着的脸
薄荷青的出租车
开过身边
我，在你的左肩

感恩词

谢谢中午那个擦身而过的女子
谢谢她的长腿还有
身上的气味
让我这具中年的身体
又有了年轻的心跳

别　赋

离城区 3 公里
第一次想你

离城区 5 公里
想了你 5 次

离城区 30 公里
基本上做到了不再想你

那个才尽的江郎说：
——黯然消魂者，惟别而已。

网络时代的爱情

在键盘上打出：
我爱你

发送给你
不加上任何符号和表情包

你可以读出悲伤
你可以读出绝望

为什么你的肉体光滑而温暖，
在这寒冷的人世间让我不忍离开

那些棱角分明的方块字

因为你　顿时柔软。

根的趋光性

我会在将来的某天
带你去东湖边转一转
看看波动的湖水
和长满垂柳的堤岸

然后，指给你看堤岸下
树木的根茎
它们挣脱出水泥和石缝
看起来强硬狰狞

"其实，说起来
也没有什么，这不过是
因为根的趋光性。"

说这句话时
我要微笑着，并且
一直看着你的眼睛

"有些事情像泥浆"

天色阴沉下来
冷空气被关在了窗外
我想起一些事情
另外的一些
怎么也想不起来

好多年，就这么消失了
连模糊的片段
都似乎不再存在
一些喜欢过的东西
现在不再喜欢
一些以前不喜欢的
现在开始喜欢。

"有些事情像泥浆"
这是一个湖南诗人写过的句子
已经很久没有在网上
看到他的消息。

最情诗

我要去爱一个水性杨花的女人
她要有娇好的面容和柔软的腰肢
她的秋波流动就像
春天的潭水

我要和她时远时近
远的时候形同陌路
近的时候
跟她肌肤相贴，寸步不离

她将不断地恋爱
爱那些美好的事物和漂亮有型的人
永不满足，充满好奇
像个刚出生的孩子

她要像一个若即若离的影
让我永远恨她不起
在这短暂的人间
同时做我的魔鬼和天使

她的唇，是魔术师的糖果盒子
带来持续不断的惊喜
她狐媚万方，变幻莫测
让我永远在爱着一个崭新的人。

我怎么能不去爱一个这样的女人？
她放荡的身体柔软得就像波浪
她修长的大腿就是缠绵
而她纯洁的眼神永远像我们认识的第一天。

有些夜晚是不容易忘掉的

夜晚的火车驰过小东门
空气的震颤带着
些微的寒冷

而玻璃窗将
我们和整个世界隔开
外面是雾霾的城市
这边是我和你

浅睡的呼吸

无 题

今晚我决定裸睡。

好方便
滑进
你的春梦里。

夏夜的失眠

每一只蚊子都长着一张你的脸。

我们应该是幸福的

墙上的钟
走过零点已经很久了

我们
还在一起

我要用一首诗让你爱我

它们要生出锋利快薄
的钩　能一下
就剥开你　从头到脚
从光鲜的衣裳
到肌肤掩盖的筋络和血肉
到你　闪躲的灵魂

如果这还不够
那么　回头再剥开我
一样的摧枯拉朽
一样的铭心刻骨
让两个初相见的灵魂
在血泊里打滚。而长久

所有和我在一起的日子
每一天　你都要记得

对于爱情，我们能知道些什么？

深夜回家的路上
路边行道树的阴影里
一对男女在亲吻
抱得紧紧的，好像
半秒钟也不能分离

他们怎么才能知道
此刻的爱和上一次的爱
或者未来
可能发生的某次
哪一段最真？哪一段最深？

春 约

我要去见你
春风拂面　樱花盛开

见到你之后的事
我还没有考虑

记得绿罗裙

来得猝不及防
世界里充满雨声
而雨翻树叶
像你昨夜的绿裙子

更好的世界

梳洗罢
关窗。掩门。

来
我们一起安睡。

桃 子

两只桃子
结在树干的相邻处
它们由青变红
然后掉落

在地下，腐烂了
还有两颗靠在一起的核

微信运动

今天，她走了 214 步
估计在室内，整天都
没有外出。

我走了 18756 步
和那天跟她一起
出门往江边散步的步数
一样。

火 车

在火车上，我给你
发短信说：
车开了

车就开了。

其实，我想让火车停下
这时的车
不是我们的。

在雨中

花刚刚才开
雨就来了

但是，是小雨
没有多大声音

我猜，我这边的雨
和你那边的雨
落得一样的多

即 景

树顶的树叶在动

藏在树影里的鸟
我猜有三只。

我爱我

二〇一二年十二月二十日，初雪 / 秋风辞 / 投石问路 / 乌鸦 / 好心 / 雨 / 献歌 / 只有时间 会回忆一起经历过的长夜 / 看了一部黑白老 同石窟之一 / 无题 / 诗论 / 久远 / 悲伤 / 秋 界上的另一个我 / 曲终 / 汶川记 / 镜子 / 鱼城

二〇一二年十二月二十日，初雪

就算明天是世界末日
今天也落下了
2012 年的第一场雪

真好啊，它们
不为人知地来，又无声无息地
消失

秋风辞

所有的风可能
是不一样的
也可能　是一样的

就好像，江北的风
吹到了江南
还是一样的冷

它不可能知道，在裹挟着雨水的上午
我已经
死过了一次

车　祸

他想，如果急拐弯的时候
碰见另一辆车
那就往左转；如果
左边有人，就
紧急刹车。

急拐弯的时候
真的碰上了另一辆车，左边
有没有人
这第二个假设
他还没有来得及证明。

致早夭者

——献给皓博、李思怡、小悦悦等诸多夭折者

阳光正好的下午
天空可以看得更远
我知道有些轻盈的事物
正在上升

那里面应该有
你们纯净的灵魂

你们一去不返
去到我们不知道的天国
假装我脚下的土地
你们未曾来过。

在动车上

当车厢经过隧道
"天黑了！"

车厢开出隧道
"天亮了！"

两个孩子一直兴高采烈地
玩着这个单调的游戏

如果隧道够多，无人打扰
他们会乐此不疲地
一直玩下去

地下铁

火车开到了地下
灯火通明的车厢进入
接连不断的黑暗内部

我喜欢地下铁
喜欢叫它地下铁而不是地铁
喜欢幻想着
和一个面目模糊的女人一起
在这温柔灯光的金属容器里

站台的光亮和
它们之间层次分明的黑暗
拥有着无穷的可能性

非人间

我们是不是已经
配不上这世界

偶尔美好的事物
如火花
如闪电
如 2011 年
武汉的春天

投石问路

投：动词；具有人的主观能动性
石：名词；可以被赋予或是
　　不赋予意义的物体
问：游离在动词和疑问词之间；具有
　　广泛的模糊性
路：名词；客观的或者是被动的
4 个字
足够组成一首诗

仿如天空
飞过不明飞行物。

乌 鸦

刚刚飞过去的那只
其实是乌鸦
不是青灰色的喜鹊

它自顾自地飞过
像昨天的一阵风
什么也没有留给我们

好 心

他们把这世界弄得
越来越糟
只是为了让大家
在末日来临时
不那么沮丧

雨

有些雨　正在有些地方下
有些地方　雨已经下过了
雨来　拦不住
雨停　留不了

下雨的地方
雨水带着青草的味道
雨脚会开起大大小小的雨花
然后汇成河流里的浪

雨下过了的地方
雨水的痕迹深入万物
表面上看来
跟没下雨前一样

只要是雨水
会落在你的头上、肩上、身上
裸露的手臂上

它们微微的烟火气味
提供了
你尚在人间的证明

献 歌

没被风吹拂的
不用着急
风还会再吹回来

落下的雨滴
渗入土里
会再次成为雨滴

我们像风
在人间奔波劳累
不过是将我们的所有
献给流水

只有时间在流逝

夜晚的有轨电车，丁当丁当地响着
穿过了整座城市

夜幕里的万物
仿佛它们本来的样子

灯光下掠过的影子们
在月色里成了灰。

死亡之诗

杯盏交欢的筵席上
不时有人起身，出门

一去不回的人，有些
你还不知道他们的名字

而你认识的有些人
再也没有了他们的消息

焚 信

火焰猛地穿透我。

用掉两根火柴
一根劈开我
一根将内心划得粉碎
翻滚在火中的文字
我饲养的狐狸
嘶嘶作响　却坚持不吭一声

有什么可以留下？

除了灰烬
一小片身体已经死去

也许多年后，我们会回忆一起经历过的长夜

宵夜结束的时候
通常已过了零点
我们握手，点烟，互拍肩膀
然后，我一个人
从首义路走向胭脂路

六月里的红楼和它
前面宽阔的阅马场
在昏黄的路灯下
让人感觉自己走在
最后的清政府

经过红楼到古楼洞
有段上坡的路
在斑驳的树影里显得很长
此刻。没有星光，没有人声喧哗

就像微醺的
我们　其实知道
此刻。太多的人
还睡在黑暗里

看了一部黑白老电影，记不起片名

青石的街道上
走着微笑的男女

风韵犹存的少妇
和蔼睿智的老人

帅哥和靓女在沙滩上散步
孩子们在快乐地嬉戏

他们现在
大都不在人世了吧?

哪怕是银幕里出现的婴儿
也在银幕下迅速老去

戴翠媚

一个看来是她老公的人
来查看她的病历时
我看了那么一眼：
戴翠媚，胃肠急性肿瘤伴多发性淋巴转移
2016 年 11 月 9 日入院
2017 年 1 月 18 日死亡
女，32 岁。

希望　多年后
还能有别的人读到这首诗
可以再念一次她的姓名

虚 构

虚构一幢木头的房子
和一片树林
虚构一块肥沃的土地和
有青草香味的空气
一条漫长潮湿的海岸线
一艘刷上清漆的小船

虚构一个国家。一座城市
一群兴高采烈的人民。
一个远离喧嚣的角落
一块立锥之地。
一个和我想象一样的
有着灵魂孪生的你。

为了更可信些，还需要
虚构变幻莫测的气候
一场地震、一次洪水
一场集体的骚乱
甚至是一场战役

再虚构些甜。一些苦
一些彻夜难眠的夜晚
一些突如其来的病痛
和忍不住的泪水——
但，只要一伸手
就可以触碰到你。

庙

从司门口的天桥
往解放路方向
沿右手边的楼梯
一直下到人行道

前面是长江一桥的桥墩
左手边，是一条
狭长的石阶
带着些略微的蜿蜒向上

多年来，我常常路过这里
一直没有沿石阶上去看看
虽然附近灯火辉煌，人声鼎沸
还有大桥经过的火车轰鸣

但我一直觉得
这上面隐藏的
其实是一座庙宇

在大同石窟之一

我们在每尊菩萨面前停留
看菩萨和它们身后
的壁画

有些菩萨也会看着我们
有些看起来没有看我们
而看着我们的身后

我们往身后看
并没有发现有什么特别
那些菩萨
看到了我们看不到的

无　题

热爱荒凉的人啊
只是在喧嚣的人间
呆得太久

诗 论

该说的都已说过了。

就像一颗种子
一切顺利的话
它发芽，破土，长出
叶子和枝桠
到最后凋谢死亡

此外，所有的一切
都是你们说的

久 远

与其徒劳地追求永恒
不如到处留下你的 DNA

可以肯定的是
DNA 要比肉身久远

悲 伤

悲伤不是一个熟悉的人突然不见了

是你静下来想这件事时
突如其来的一种
空旷。

秋

四季轮换是可以肯定的事
不能肯定的是他们说的秋意

我看见秋天的叶子正在落
不需要风吹

在飞往广西的飞机上

飞机在上午起飞
起飞后，有段时间机身倾斜
可以看见阳光下飞机的影子
在我身下掠过田野

第一次想到
世间的阴影
原来有我的一份

长 夜

睡不着的时候
我会默念出一些名字

音调低沉短促
但是有力

那些黑暗中被念出的名字
就有了光

冬 至

连续的雨水下
最不肯凋落的叶子
也都摇摇欲坠

清晨出门的人
黄昏时回家
臃肿的穿着把街道
挤得空旷

一场好雨下成了淫雨
等待初雪的人
得到了一场冰雹。

在这个世界上的另一个我

在这个世界上，一定
有着另外的一个我
我们去过相同的一些地方
他也必定代替我
去过一些我未曾到达之处
我们爱过同类型的女子
他也会代替我爱过
一些我未曾或者不敢去爱的人

他也许有着比我更骄傲的内心
让他可以谦和地融入人群
他也许比我更加幸运
可以如同想象中的那样，被人爱过
他不一定有我快乐
但也可能比我幸福

我们必定有着很多相同之处
也有一些细微的不同
我们在命运的转角
做过一些不一样的选择
所以他是他　我是我
所以我也是他　他也是我

有可能我们爱过同一个人吗?
同时间在夜晚辗转反侧
有可能我们坐过同一列火车吗?
在不同的铁轨上擦肩而过
我们会认识彼此吗?
还是永远只有似曾相识的感觉?

也许我死了　他还活着
在某个黄昏时刻
偶尔　也会想起
在世界上　有另外一个我
让他感觉在这疏离的人间
还不算那么寂寞

曲 终

再难听的曲子
将近黄昏的时候
也会放完

而头顶还是雾霾的天空
没有星光闪耀
泥土下面是岩浆
正在骚动　流淌

赶路的人　一个个拾级而上
然后消失在山的另一边
道路显得比尘世漫长

蚂蚁没有思想
它们忙碌的样子
看上去
让人觉得悲伤

汶川记

1

北京时间 2008 年 5 月 12 日
下午 14 时 28 分
里氏 8.0 级地震
震中：四川汶川。

从汶川到成都，重庆
西安，长沙，武汉，上海
北京，甚至泰国的曼谷
都感到了震动
大半个亚洲
在这刻　被震动。

2008。28 分。8.0 级。
"8"在这一天
变成了不祥的数字。

我们脚下的大地
仿若一枚放大的蛋壳。

2

电视。网络。报纸
文字的报道和层叠的照片
一场赤裸裸的灾难
敞开给世界。

把那些绝望、哭喊和恐惧
逼近所有人的面前。

3

就好像　一个浪头
沙堡就覆没
10 秒？7 秒？或者是 5 秒
校舍就成了粉末。

截至 2008 年 6 月 4 日 12 时
死亡人数：69122 人；
失踪人数：17991 人；
受伤人数：373606 人。

这是枯燥的数字。
这是枯燥的事实。
它的枯燥
掩盖着数万家庭原本生活的缺失。

4

孩子。总是孩子

五月的雨水
冲刷着他们的纯洁之躯。
他们如花的未来
被瞬间终止。

为人父母者
他们心里的悲恸不能言语
相对于他们
我们的哀悯无处容身。

5

我们不是汶川人。
我们不是。

我们没有在预制板下等待过死亡的来临
我们没有转眼间失去四肢
我们没有眼睁睁看着家园变成废墟的经历
我们没有变成逐渐腐烂的尸体

我们不是汶川人。
我们不是。

我们不知道身上压着几吨或者几十吨重量的滋味
我们不知道锯掉自己手臂或者大腿的心情
我们不知道在黑暗里饥渴交加眼看自己死去的感觉
我们不知道在充满尸臭的死城中行走时是已经麻木还是情绪稳定

我们不是汶川人。我们不是。
哪怕我们真的愿意自己是一个汶川人
哪怕我们真的想以身代替那些死难的人
我们依然不是。
我们只是，站在远处的一大群
旁观者。

那些被救出旋即死去的人
那些遇难经过被多次复述的人
他们将死亡 2 次
或者更多次。

6

汶川
现在是一个黑洞。

吞噬掉我们重要的部分。
它是死者。
是失踪者。

是未被发现而永远消失的遗体。
是怀抱婴儿死去的母亲。
是迅速倒塌的教室。
是被突如其来的苦难麻木了的脸。

当鲜血和悲伤在眼前
显得如此具体
它是一种　不真实。

7

网上的纪念馆上
那么多曾经生动的脸
现在躺在无尽的黑暗里。

悼词里最多的一个词
是：对你不公平。
你们的出生不是为了今天的死亡。

数万个姓名陈列。
每一个名字，前不久还都是
会说会笑活生生的人。
不需多久
除了他们的亲人
我们将很难记起其中的一个姓名。

8

学校的原址上
密密麻麻地摆放着
用砖代替的墓碑
每块墓碑代表着一个
未曾真正开始就已被终结的生灵。

"死有重于泰山
轻于鸿毛"
这些话
只可以说给死者和死者亲属以外的人听。

一个生命的消失
对他们来说
是整个世界的坍塌。
而我们不能保证
这一切不会在我们身上重演。

镜 子

—— 致废名

在铁轨边捡到一面
破掉的镜子

我相信它是
挂在那个天天看火车经过的人
身后的那面

鱼 塘

鱼塘里的鱼都游得悠闲。

它们都以为自己是
幸运的那只

广场舞

他们还是需要跟随一个
统一的节奏
在欢乐的乐曲中
忘记掉自我

这也是一种欢乐，集体的欢乐
又有什么不同？
人民都在人民广场
你不在你们之中

清 明

带着苦脸去上坟的人
回来时有了笑容

安息的死者分享了
亲人的消息

尚在人间的生者
已经有了新欢

飞机上所见

那一望无际的云朵
没有方的

所以
感觉柔软

雪夜赠鲁涛

送首诗给你，我想了想
有以下两个原因

一是今夜下雪了
下雪天
适合喝酒
你家的牟牟，菜
做得特别好吃
她的手艺
是你教出来的
我们认识这么多年了
还没有机会
能好好
品尝下你的厨艺

第二个原因嘛
我认为
所有见过你的
我的那些
写诗的朋友
他们
都欠你一首诗

我爱我

第四辑　　宛如魏晋

雨

下雨了
雨水在眼前交织

落地的雨滴
迅速地聚拢
掩盖了它们
都是单独来的事实

无 题

我从山的那一边
翻过来
白兰花就开了。

你们把我视作神明

繁 花

从家里左侧的窗户
望出去
可以看见
三棵樟树，一棵槐树
一棵雪松和
一连片的灌木

除了雪松，别的树木都已经光秃秃的了
它们在夏天
和那些花儿一起
已经茂盛过了

绝句之一

只在风吹的时候
树叶才会说话
想到它们那么多的寂寞啊
请你偶尔，摇一摇它

绝句之二

他从山坡那头转过来的时候
白兰花已经开过了
远处的白云
还有点香味

绝句之三

飞蛾们在我眼前
扑了扑翅膀
变成了一群
赴死的人

绝句之四

这个世界上
每分钟，都有人出生
有人死去

幸好我不认识他们。

绝句之五

三月来了，樱花又要开了
他们在唱着：春去春会回来

没有人追究，回来的
已不是 2012 年的春天

绝句之六

就像夜色，没有谁要求它来
它就来了
那便顺着风，一起走下去吧
什么也不用说，什么也不用带

绝句之七

鸟从背后飞来
可以听见羽毛的声音
此刻阳光灿烂
好事就要发生

绝句之八

我知道你无法被彻底安慰
那又怎么样呢?
反正此刻的思念如此具体:
我的微热想念你的微凉

合　欢

原来，在十字路口
开着粉红色花朵的
是合欢树

它们长着
含羞草的叶子

关于樱花，我们还能说些什么

花开之前是没有香气的
打苞之前它们都
藏在树枝里

今年的，已经开过了
明年的，还藏着

开时，漫山遍野的都是
谢了，也是漫山遍野的一片

没有菌子生长的夏天是不完美的

山上落雨。

山下落雨。

山中落雨。

你要站在一棵松树下
等雨停。

秋

现在我已经开始喜欢上秋天了
沿街一溜的灯笼树
灯笼花开出桂花的香气
秋风吹荡，看见
万物脆弱且美

有空就陪我去江滩吧
芦花白了，江鸥来回地飞
鸟飞过后的弧线
让你的身体
觉得轻盈

秋 天

我知道我是喜欢秋天的
天气正好，水果丰沛

多好啊
树叶落下都有树叶落下的样子

云深不知处

一条碎石的小路。
两边，是整齐的松树
和楠竹。

从山脚一直向上走
小路，从眼前消失
看不到尽头。

尽头的下面
那么多的云。

三月三十一。夜，在汉口江滩

我们想沿着芦苇
走到江边去
未经修剪的芦苇高过头顶
高过远处长江二桥的桥身
甚至高过夜航的飞机

擦身而过的女人
还有着少女的羞涩
雾蒙蒙的天空
一眼看不到任何东西

但是，我们都清楚
天空之上
一定有星星

折叠式帐篷

清理衣物时，发现了
这顶单人的折叠式帐篷

那是去年入夏时
从网上购买的
快递送到的那天
我和女儿忙活了一个下午

当它竖在她的小房间里
她是那么地兴奋
发自内心的快乐

夏天过去，帐篷收起
到下一个夏天
我们就遗忘了它

而当天的快乐
依旧是那么的真实彻底

消失及正在消失的事物

红砖和青瓦。滚动的铁环。陀螺。

64开本的连环画。

不曾见过的珊瑚菜和红豆杉。

省中医院住院部门口的老树。

手写的情书。

涵三宫写有"刘宅老墙根"的旧基石。

非洲草原上散步的北部白犀牛。

印度尼西亚优雅的苏门答腊虎。

双喜牌的安全火柴。小黄鹤楼酒。

植物味道的蒲扇。夏夜里沿着街道一字排开的竹床阵。

老家墙壁上的涂鸦。

煤油灯。打字时咔咔作响的老式打字机。

范湖。杨汊湖。东西湖。白鹭湖。

在乡间上演的皮影戏。以及

诸如此类的

我们还记得或者不再记得的东西

呼伦贝尔草原所见

青草向上，长成草原；
沙土向上，长成丘陵；
阿尔山向上，融成蓝天；
白桦和杨树
向上，成夜晚的星星

而雨水向下
成瀑，成天池，成蜿蜒的河道
这消极的流水
承担着呼伦贝尔
至少一半的美

阿拉善

路过巴丹吉林沙漠的边缘
在阿拉善的
沙漠世界地质公园里
拾得了一块石头

到家后
变成了沙

从沿渡河坐船到巴东城

早上上船，中午就到巴东了

然后，人群分散。

每条船上的人，像雨水
有些流到神农溪就不见了
有些会聚在一起，同赴一场酒宴

推杯换盏的席上
我想找到一个和我分享一盘苦瓜的人

在哲蚌寺外

为你祈祷：
愿你动起来，有
寺庙里飞鸟般的自由

愿你安静时，有
寺庙里植物一般的
安全感

宏　村

据说它是现存
牛形古村落的代表
所谓的牛形
就是村子分为
牛头、牛胃、牛肚
三个部分

牛胃是村子中间的
一大块池塘
池塘四周是明清风格的民居
其中一间与众不同
——和别的民居相比
它只有三扇窗户

因为它的三扇窗
它上过中国邮政的邮票
成为宏村的代表

在登别

抛开地理学和地图
抛开做过的和被告知的攻略
我现在只是在一个未知之地
从远方的熟知之地而来

我们这批深夜冒雪抵达的人
第一次知道了 Mahoroba
（登别的麻火若巴酒店）
一进房间　我就直奔向窗户

在窗边点烟的时候
窗外的另一扇窗户外
也有一个烟头在闪
我向那个方向挥了挥手

就像在这未知之地
遇见了一个熟人

木 兰

对镜贴花黄的时候
一个恍惚

Ta 爱上了
镜中的她。

青春流逝，我们醉生梦死

你想让火车在什么地方停下来？
因为你知道
火车不可能一直往前开

那些穿梭在大地表面的火车
时隐时现，仿若我们
傲慢而飘逝的少年时代

日全食

报纸上说，今天下午
可以看见日全食
说是全食，其实在这里
只能看到一小半
还要赶在太阳下山之前

多年以后，可能
不再记得那被遮蔽的一小块太阳
只记得，我们在水榭上饮酒
左右是连绵的荷花
记得座上的人，有小引　槐树
萧映　贺念　宋超　原莉和许剑。

宛如魏晋

从酒店出来的时候
天就黑了
东湖的风还算温柔

我们敞开衣服
裸露在风中
仿佛你我是竹林里士大夫之一员

正吃好了五石散
享受着
几十分钟的非人间

空　山

空山并不是空的
只不过是山中无人

那些静谧啊，虫鸣啊，鸟叫啊
甚至风和树木间的音响
都恰到好处

四季参差的野花
该开的时候就开
该谢的时候就谢了

如果开花的时候
有人偶尔撞了进来
她们会开得
更加灿烂一点

六 月

六月的鲜花
开在场子中央。

次第而开，越开越盛
沿着脚下，向地平线

一直
开到了天上。

暮 春

雨打桃花
桃花没有说话

下自成蹊。
成蹊的
和落叶一起腐朽
我们视而不见

秋 夜

上到楼顶，天就宽了
苍穹辽阔
星星们
越聚越多

想起来，至少还有
同样的秋风吹着你我

此刻世界安静
像一个写好的结局
你很好
我也过得不错

桃 树

桃花落光了
接着落光的是叶子
树上
没有结桃子

我们还叫它
桃树

那些桃花

那些桃花都是粉红的
夹杂在一棵一棵
的绿树中间
看起来，要比
一大片都是桃花的
来得更加好看。

深夜里，想打个电话

也可以不说话
听那一头的夜
是不是一样很安静
听那一头浅浅的呼吸
你的样子
在深夜就慢慢显现出来
好像就在身边
好像话我都
已经说过了
哦。三月来了，这里
依稀，仿佛，好像
春天。

草上飞

我知道有人见过草上飞
传说中，像鸟一样的人

有时在窗前
有时在
微醺的酒桌
在无数次擦肩的街口
嗖的一声
从眼睛的一侧
到另一侧

你看见了
跟没看见一样

念青唐古拉山

这六个字写在纸上
敲击闪现在屏幕里
都没有
从口里念出它们时
那种
隐隐的欢喜。

沙之下

一般来说，沙的下面
还是沙。
如果再向下，是
石砾和水。

如果可以，不断地
不断地向下挖
经过地壳，地幔以及
炙热的岩浆

喂，你说
会不会遇见一个
正在对面
挖沙的人

村 庄

在抬眼可见的绿背景里
炊烟是蓝色的
像溪水一样缓慢
而天空的蓝要淡一点

尘世间的喧嚣被更大的绿色吸收
那是更大的安静的绿
我还牵挂着村庄周围
那些有着柔顺茸毛的狐狸，那么白。

路

一条路，再宽再直
也会在视线的尽头
消失。

天黑得像他们说的末日。

我要选一条路
慢慢走
我喜欢把一条路
慢慢从头
走到尾。

夏日塔拉草原之夜

来到草原，有时
也看不到银河
没有星光的黑暗中
更能感觉草原的辽阔

这是皇城。裕固族之地
空气中涌动时间的冷凛
我们将一起沉沉睡去
明天一个一个独自苏醒

无 题

从胭脂路到昙华林的小小斜坡路
十年前是中医院的篮球场
百年前是圣约瑟医院的草坪
千年前是荒丘
亿万年前是海洋

后 记

如果要出本诗集的话，我的想法是出一本没有前言后记、没有目录、没有作者简介的诗集，一翻开封面，就是诗。有机会拿到它的读者，如果随手翻翻有自己喜欢的，就可以拿走。至于书名——有多少首诗，书名就叫《诗多少》。可惜，要正式出版，没有我想的这么简单，所以还是尽量按正规出版物的样子做了，本来选了一百首左右，东林说太少了，不像一本书，又从旧作新作里再选了些，就是现在这本书的样子。这本诗集，感谢张执浩，感谢林东林的策划、编排和督促，感谢张羞的设计，感谢小引，没有你们不可能有这本书的出版。最后谢谢我的家人和朋友们，此书献给你们。

于武昌花园山
2019 年 1 月

图书在版编目（ＣＩＰ）数据

我爱我 / 艾先著 . -- 武汉：长江文艺出版社，2019.6
ISBN 978-7-5702-0975-0

Ⅰ.①我… Ⅱ.①艾… Ⅲ.①诗集－中国—当代
Ⅳ.①I227

中国版本图书馆 CIP 数据核字 (2019) 第 069787 号

责任编辑：谈 骁   责任校对：毛 娟
封面设计：张 羞   责任印制：邱 莉 王光兴
内文设计：祁泽娟

出版：长江出版传媒 | 长江文艺出版社
地址：武汉市雄楚大街 268 号 邮编：430070
发行：长江文艺出版社
http://www.cjlap.com
印刷：武汉精一佳印刷有限公司

开本：880 毫米 ×1230 毫米 1/32 印张：6.25 插页：4 页
版次：2019 年 6 月第 1 版 2019 年 6 月第 1 次印刷

定价：46.00 元